詩集

橙色の向こう

小山 直樹

Naoki Koyama

版画 村山利安

＊目次

いきのふたがみ　10
平熱　14
クラの壁　18
樺焚き　22
黒と白　26
山桜咲く日　30
春そぞろ　34
唇　36
浅間おろし　40
旋回　44
繭　48

橙色の向こう　52
軋むおと　56
林檎の花　60
里雪　64
落日　68
分水界　70
秋雨　74
折れる　76
寒い日のソーダー　80
二歳　84

装画・村山利安
装本・倉本　修

詩集　橙色の向こう

いきのふたがみ

窓からの湾の対岸の二上山は
いにしえから山の西は極楽浄土といわれ
何の無念を収めに来たか
横たわる身体一つ

母親は
病んだ息子に
父親似と

家族のつながりで涙ぐむ

左腕からさまざまなものを生み
息の切れることのない立ち姿
デスクの上に何もなく
必死や努力の化粧なし

季節はずれの二色ケ浜で
車輪が砂に沈む車椅子にいて
目を向けているのは
旅客機が旋回した先

その立ち振る舞いに
女子も病も身びいきし

香かおる
粋の「い」の字に
ポロリ　ふれ

平熱

街　発熱して冷めず
人々　体温をもって　組み込まれ
オーバーヒートなきよう　セルフケア
あらわれし　もの
メディアにより
公衆　となる

水と　風と木々に包まれた暮らし

皮膚は　体温と外気を体感とし
ことば　こぼれる地
おさなき子　久しぶりに戻り
もの語り　始まる

対人は　コントロールすべきと
情報　発信受信　処理のシステム
しごと　まなびに　浸透し
言葉の　不安　危うさ薄く
安心は　遠い

いちおうに扱われる　安全の
メディアの国
風吹き　木々揺れ　水流れ

ことば　体内ながれ
きょうも　平熱

クラの壁

彼の導いた沢の先に
幾人ものクライマーを飲み込んだ
壁が在り
震えがきた

教室で蚕を飼う教育は
富国を支えた山国の自負
彼は高校の山岳部で汗を流し

寄宿舎で暮らす妹を思い
花の都に
わたしはひとり戸隠の秋雨に濡れ
十五の友との別れを追い
列車に

何を学ぶも許された都市で
人につながり何かに向かい
学びから労働への十字路で
出会った

糧としての労働で
壁に向かう日々は
いつしか

人として礎となった

花はしおれ
ダム開発や子育て移住の地に戻り
沢風が
むかし　むかし　と
さする

樺焚き

ジーサン　バーサン
コノアカリデ　オイデ　オイデ
墓前で白樺の皮を焚いて
父母きょうだいの声に合わせ
唱えた

大文字焼き　白樺の木に
何も思わず

「ジーサン」
ふと　降りてきて
迎えも　送るも
親を辿って　戻るのは祖先

夏の空
透けてしまいそうな昼の月
戻ることに　おずおずと
送りきれない　霊たちが
戻りきれずにいる

側にいてやれなくて
声をかけられなく
手を差し出せない

人たち
つかみどころのない　私の両腕
日焼けした肌の瞳に
白い月
みんな　みんな
このあかりで　おいで　おいで
このあかりで　おかえり　おかえり

黒と白

蟻が群がる　白いかけら
さまざまな色がまじわる　哀悼痛惜
小さく産んで　大きく育て
大きな　別れとなれ

最も幼き記憶は
誰かの語りで　すり込まれ
事実か定かではなく

初期回想の鍵で開いて顔を出す

残雪のまだら屏風を背に
梅杏　山桜山吹　花開き
水と風を受け心身を血とことばが流れ
育つ国

体感と身の丈の
違和感に
言葉と視線で測っても
眺めれば無数の中の一点

膨張して吸収し
疎外から透明へと

すべては　自転の糧となり
記憶なく　血肉となり

さらさらと　白き砂
父母の手　幼子の手より
風とともに滑り
荒海の白波と

山桜咲く日

悲しみに
山が哭き
川がきれた

颪　木々を打ち倒し電線を切る
泥　遊びの記憶を
思い起こすことなくあふれ
車列車は金属合成樹脂の塊

地になきもの
創りつくられ使いつかわれ
日々　流れながした危うさ
うねりうつ気

闇　身を寄せ合い暖をとり
足　立ちつくし歩き出す
泥　地の人と離れた人を絆つなぐ

雪降り川面に
流れながれて海へ
白き峯仰ぎ
山桜咲く

山笑う日を知る

都会　鉄とコンクリートの構造で
守られたシステム
眠らず
雨　川　海を水という
涙は何と
子は尋ね

春そぞろ

人間は機械ではないから
部分にとらわれると
実態がそこなわれ原型をうしなう
と鳴くカラスはどこかに行った

雨上がり桜花模様の路上の
若者の姿がま新しく
曲がった心身をすこし伸ばした

歩みの止まってしまった人の
かすかな異音に気づいても
かみ合わないリズムが
無音の時間となって流れてゆく

こだわり続ける思いと
離れてゆく記憶がおりなす
さまざまな色たちは
春の西陽を橙色に燃やす

物体や肉体は創造の結晶で
見てくれはそそる
街のガラスに映る
たしかな彼らと自分

唇

彼は密をもって集合を分散させ
地方紙の近隣のおくやみが
各都市の数によっておおわれ
橙色の西陽ににじむ

むきあう人のそれぞれの思い
ひとびとの阿吽の呼吸に
目をつむり　息を止め　腰を浮かすことも

彼によって断ち切られた

発する主張や
求める問いも乾き
こたえることから
自由になった

街に人のざわめきなく
静けさの中
何かが動いているようで
何も手につかず

変わらぬ夜明けに
ざわめきが戻り

白い波がよせ
薄紅色の貝ひとつ
マスクの下で濡れている

浅間おろし

百均に並んだものに
呼応して
あなたの悲しみ　裁きの場

あぁ
いちばん古き懐かしい記憶は
写真とは違い
人に丁寧に扱われ

創られたものがたり

定型をもたねば
繋がらぬと怖れ
ずりばいから立ち上がる

人の世の不幸は
さまざまな人の糧となり
みずから立つことが
道と唱える人がいて
向こう岸があるとて
流れにまかせ

悲しみが

光と弾ける前に
あなたを撃て
浅間おろし

旋　回

浅間　戸隠　妙高
白き墓標の湧き水
裾花　犀川　千曲川
こぼれ落ちた言葉を拾い
ながれ流れて信濃川
荒海の星と混じる

わが意識

さまざまな人と交じり
爆発し時裂けば
世間のうつわに弾かれて
骨肉軋み痛みあり

いつしか
親しき人たち去り
ひとり　十字路に突っ込み
骨肉軋み記憶あり
転回の魂なく
念仏あり
あらわれし死神の手が
紫から青にうつる空に透ける

わがこころ
翼ひろげて離陸し
日本海にて反転し
水飛沫浴びて急上昇
満天にクロスをきり
帰還する

繭

痛み知らずの世間で
どこで　誰かは知らないが
ペインクリニックの看板が
目につく

おぎゃあと出て
向かう先は仕方ないし
人さまだから

痛みもあたりまえ

お互いさまのない痛みに
慣れ　受け入れよしが
持続可能な世のためでも
緩和はしたい　この痛み

その昔　家畜幼虫の繭は
富む国の強い子を産み
いま　少年は
自分を守る　繭を作る

「痛い　痛い」と
泣く子を

抱きしめて
なんだかんだと
共に　在る

橙色の向こう

仕事から解放され
ゆるむ　駅前にて
「幸せむらは　どこですか」
お国訛り
「あの塔の下です」
首筋の汗を拭う

手提げ鞄ひとつの

そのひとは
橙色に染まり坂を下っていく

神の恵みと祝福の黒衣のひとたちの中
「体は自分　こころは公」
男子の意気を添え
夕暮れの街に出る

友達同士がくっつき語らい
恋人たちがたたずんでささやく
幼子が父親の腕にぶら下がりしゃべり
ネオンと混じりざわめき

人波に押され　踏みこらえた左足の下

段ボール
「ごめんなさい」
向けた影の先
「いいよ」
路上の端のそのひと
月の陰

軋むおと

求めて
東へ大谷の板東曲
西へサンティアゴのボタフメイロ
香　音色に浸り沈む

事故の知らせに
ホームから降り乗換駅に向かう
すれ違うひとの先に

小さな光が見える

踏切前
「ここだ」と
マルーンカラーの車体が現われ
拝み仰げば
乗客は石仏のように動かない

ブルーのシートと
白いヘルメットのモザイクを
包むようにひとたちが集まり
行く道が消えた

きのう今日あすの暮らし

そのままに
みなここにいて
遮断機の音はない

赤色点滅と桜の木の子どもに
「おーい」
と網膜を打たれ
分けて　歩き出す

林檎の花

通路に立ち教科書を読んでいる君に
電車の揺れに頭を打ち
気づいたとき
林檎畑の家は遠くなっていた

怒りっぽかったり
休み時間は元気だったり
それぞれの生い立ちの違いも

ランドセルに収まった

制服学生鞄に家族のはしゃぎ
授業ごとに教室先生が替わり
春の色づけ強く
ランドセルも忘れてゆく

感じ考えることより
慣れることが風土で
どこに住もうが
進路　という木型にはめられた

川の流れに沿っての電車は
流れにゆだねる血のリズムを生み

君が何を求めているのか
思うこともなく

噴き出さんばかりの血は身を西へ
君はさらに　電車に揺れ
スズメおどし鳴る黄金の地へと
林檎の花咲く　電車を降りた

里雪

行きさきの違う電車を待つひとの
後ろすがたが彫刻のようで
振り向いたままの私を
電車の風が打つ

ベルの音　途切れ
思いはホームに置き忘れ
突風が吹けど　吹雪かず

街暮らし

里雪を踏みしめて知る
さがしもの
秋雨の坂の病院で
あなたに触れ
別れのけわしさを
歩み知る

あの日に続く冬景色
ふわふわと白く舞い降りて
ながれゆくのを
ただ眺める

吐く息は
色のない言の葉のまま闇に消え
私の季節忘れの微熱が
今日も在る

落日

記憶にないぬくもりから
この世に出で
人々の祝福に
声を上げ応えた

陽ざしや風
肌の心地よさ
言葉覚え

ひとのまなざしを得る
求め　夢見て日々過ぎ
いつしか安らぎは
自分の内
ああ　父や母は

それすら分からなく
つきる日
新たな命が
永遠の安らぎから
この世に落ちる

分水界

故郷の墓は
遠くにありて
おがむのは
ひとをかき分け本廟へ

弦を打ち　言葉を紡ぎ
六波羅蜜寺の空也上人
坂東曲　ご詠歌　河内音頭

情をつないで　魂ふるえ

しとしと秋雨
はらはら舞う雪
峯から出て
水の旅立ち北南

分水界
北に向かい
異国のきびしさ荒海に
南に流れ　富をささえて大海に

ひとの流れは
誰も止められず

器にあわせて変化し
勢いそのまま大海へ

笹の葉についた露は
美しく　流れて
稲はみのって
こうべ下げ

秋　雨

もの思う
秋は朝夕
照りつけるざわめきは
季節知らず

秋雨
寂しさが冬に寄り
嫌われて

街の寒さが
すねている

ひと知れず秋雨
アスファルトは静けさの川
街の熱を冷まし
ふりかえる日々を呼び

言の葉が
ぽつりぽつりと刻むとき
雨音消して
粉雪　舞う

折れる

文明　社会　マシーンに
ふりまわされ
叩きつけられたのは
雨もしみこまない路面

土に帰るにも
アスファルトにおおわれて
隙間さえない

ヒリヒリと体液がにじみ
死にかけたとつぶやく

心が折れても
ピンをさしての
リハビリができず
痛みと時間を過ごす

縮こまり
寒さにふるえ
何かにおびえる
鹿の子のように

心が折れ

自分をやりすごした
塊

寒い日のソーダー

コートから伸びた
指先が冷たく
真夏のソーダーを
思い出す

氷と時間が溶けていく
ガラス張りのテラス
はかない指先が

ストローでサクランボをつくのを
ただ眺め

おさな子の
寝息が闇に舞う夜に
ひとびとの
吐息がいつもついている

ストローの冷たさがしみる
プラットホーム
過ぎ去る電車の明かりが
ストロボか
画像がつぎつぎと現れる

幼子の
ねいきがここに終わるとき
じぶんより大きな闇があるようで
共にすごした記憶が
熱を帯び

二歳

「オレンジいろ」と
カーテンを開け
楢の木の向こうの山に
西陽が沈む

「お月さん」
高く白く
庭を照らす

「おやまきれい」
山の稜線どこまでも

「いかないで」
したいことがたくさんあって
してもらえずにほとほと

「おこらないで」
裸のまま走る
湯上がりの外は氷点下

なきむしなっちゃん
「ちがう」
ちゃんとしないなっちゃん

「なっちゃん　なっちゃんだよ」
顔の前ななめにつくる
人さし指と中指の
二歳
普通って何と
抱きしめる
私の二歳もここにある

著者略歴

小山直樹（こやま　なおき）
長野県生まれ
飯山北高等学校卒業

詩集　橙色の向こう

二〇二四年四月一日初版発行

著　者　小山直樹

発行者　田村雅之

発行所　砂子屋書房

東京都千代田区内神田三―四―七（〒一〇一―〇〇四七）

電話　〇三―三二五六―四七〇八　振替　〇〇一三〇―二―九七六三一

URL http://www.sunagoya.com

組　版　はあどわあく

印　刷　長野印刷商工株式会社

製　本　渋谷文泉閣